MW01006026

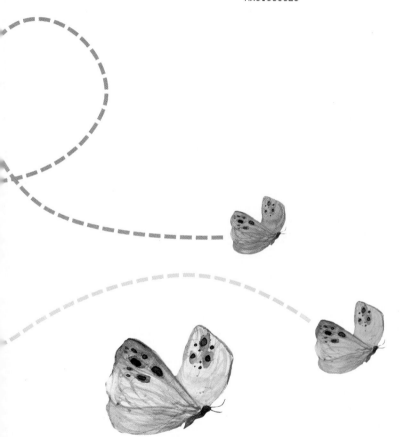

Ilustraciones: Fernando Sáez
© SUSAETA EDICIONES, S.A.
Campezo, s/n - 28022 Madrid
Tel.: 913 009 100 - Fax: 913 009 118
www.susaeta.com
ediciones@susaeta.com

PRIMERA BIBLIOTECA

Cuentos Universales

∞

susaeta

CONTENIDOS

CAPERUCITA ROJA

Érase una vez una niña muy cariñosa
a quien todos llamaban Caperucita Roja
porque siempre llevaba una caperuza
de ese color que le había hecho
su abuelita.

Un día, su mamá le pidió que llevara miel
y bizcocho a la abuelita, que estaba
enferma, y le dijo que tuviera cuidado
en el bosque. En el camino le salió al paso
el Lobo Feroz, que le preguntó adónde iba.
El lobo, muy astuto, le propuso que fueran
cada uno por distintos caminos a casa
de la abuela, a ver quién llegaba antes.

7

El lobo había cogido el camino más corto, así que llegó el primero a casa de la abuelita.

Vio por la ventana que ella estaba en la cama leyendo, y llamó a la puerta.

Al preguntar quién era, el lobo contestó
que era Caperucita, imitando su voz.

Y la abuelita le dejó pasar, pero, al verle,
corrió asustada a esconderse en el armario.

Al lobo no le importó
perderse el bocado
de la abuela, pues pronto
llegaría Caperucita,
que estaría más tierna.

Poco después llegó
Caperucita a la casa
y llamó a la puerta.

El lobo preguntó quién era,
imitando a la abuela.
La voz le pareció
más ronca a Caperucita,
pero pensó que era
por la gripe y entró.

La niña se acercó a la cama y dijo:

–Abuelita, ¡qué manos tan grandes tienes!

–Son para acariciarte mejor –contestó el lobo.

–¡Y qué dientes tan largos!

–¡Son para comerte mejor!

Y el lobo se abalanzó sobre Caperucita,
pero la niña pudo escapar y se metió
en el mismo armario que la abuela.

El lobo, enfadado por verse burlado
de nuevo, se puso a aullar y un cazador
que andaba por allí cerca le oyó
y entró en la casa con su escopeta.

De un disparo mató al lobo y Caperucita
y su abuelita pudieron salir del armario
y darle las gracias al cazador, el cual
se fue muy contento con el animal
que había conseguido.

EL AMIGO FIEL

Mamá pata, que era una madre estupenda,
nadaba con sus patitos en el estanque
una tranquila tarde, cuando la rata
de agua les empezó a hablar
sobre lo valiosa que era la amistad.

Un pajarito que oyó a la rata de agua,
decidió contarles la historia del muchacho
Hans, que vivía de las flores y frutos
que cultivaba y tenía un amigo
llamado Hugo, que era un rico molinero.

Hugo siempre le cogía a Hans flores
y frutas del jardín, pero él nunca le daba
nada a cambio, aunque tenía un establo
lleno de animales. Hans no lo veía raro
y le gustaba oír hablar a su amigo
sobre la solidaridad.

23

En invierno Hans pasaba frío y hambre,
pues no tenía frutos ni flores que vender.

Hugo nunca iba a visitarle y tampoco le
invitaba a su casa
para no darle
envidia de
su riqueza.

Con la primavera, el molinero fue a ver a
Hans. Al saber que éste había vendido su
carretilla para comer, Hugo le prometió
la suya, ya vieja y rota.

A cambio de la carretilla, Hugo le pidió
que le llenara su cesto de flores. Hans
pensó en el dinero que sacaría
de vender esas flores y lo mucho que lo
necesitaba, pero no se pudo negar
en nombre
de su amistad.

Al rato, Hugo volvió con un gran saco de harina y le pidió a Hans que se lo llevara al mercado. Para eso servía la amistad, decía todo convencido. Hans tenía mucho trabajo, pero no supo negarse.

28

Hans volvió tan cansado que se metió
en la cama. Por la mañana vino el
molinero a recoger su dinero y regañó
a Hans por estar todavía durmiendo.
Luego le pidió que arreglara su tejado
y Hans
no supo
decir que no.

Tantos favores le pedía
su amigo que Hans no
tenía tiempo de cuidar
sus flores, pero para él valía
más la amistad.

Una noche de tormenta llegó
el molinero pidiéndole que fuera a buscar
al médico, que su hijo se había caído.

Hans le pidió su linterna para el bosque,
pero el molinero no se la dejó. Así que
Hans tuvo que andar a oscuras y con
lluvia y viento hasta la casa del médico.
Éste cogió su caballo y Hans le siguió
a pie, pero se perdió y cayó en un hoyo
profundo, donde se ahogó.

Al molinero el único pensamiento que se le vino a la mente fue el desperdicio que suponía haberle dado su carretilla a alguien que ya no la necesitaba.

–Como veis –dijo el pajarillo–, la amistad es muy importante,
pero más lo es uno mismo.

EL GATO QUE VA SOLO

Esta historia sucedió en aquellos tiempos en los que los hombres y los animales domésticos eran todavía salvajes.
El Hombre empezó a domesticarse el día que encontró a la Mujer y ésta comenzó a poner orden.

La Mujer arregló una preciosa cueva,
con pieles por el suelo, hizo un fuego
a la entrada y preparó una deliciosa cena
de cordero salvaje que saboreó
con mucho gusto el Hombre.

El Perro Salvaje del bosque, al divisar
la luz del fuego y oler el asado,
quiso saber qué era.

El Gato, que era el animal más salvaje
y siempre iba solo a todas partes,
no quiso acompañar al Perro Salvaje
y le siguió sin ser visto.

La Mujer, cuando vio llegar al Perro,
le dio un hueso de cordero. Tanto le gustó
que pidió más, y la Mujer se lo dio
a cambio de que ayudara a su Hombre
a cazar.

El Perro Salvaje aceptó.

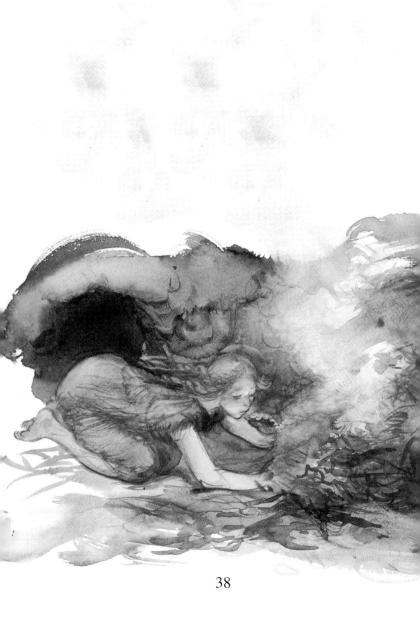

La noche siguiente, la Mujer cortó hierbas
frescas y las secó junto al fuego;
empezó a oler a heno. Lejos de allí,
los animales salvajes estaban intrigados
con el Perro, y el Caballo Salvaje
se ofreció a averiguar lo sucedido.

Cuando la Mujer vio acercarse al Caballo
Salvaje, le ofreció algo de heno. Le gustó
tanto que aceptó las riendas que la Mujer
le echó sobre el cuello.

El Gato, que lo veía todo, pensó
que el Potro había sido
tan tonto como
el Perro por dejarse
domesticar.

El Hombre salió contento a cazar con el
Caballo y el Perro. Al día
siguiente se acercó
la Vaca Salvaje
y prometió a la
Mujer darle su
leche a cambio
de hierba.

42

El Gato decidió entrar en la
cueva, pero la Mujer lo echó
diciéndole
que sólo le
dejaría entrar junto
al fuego y beber
leche si alguna vez
hacía algo útil.

44

Pasó el tiempo y un día que el Niño
de la Mujer lloraba en la cuna, el Gato
se acercó a jugar con él para que se riera.

La Mujer se lo agradeció con cariño,
y entonces el Gato le recordó
su promesa de dejarle entrar
en la cueva, aunque no abandonaría
su costumbre de ir solo
por ahí cuando quisiese.

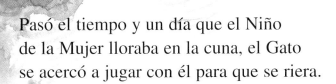

Un día unos Ratones que salieron
de un rincón asustaron tanto a la Mujer
que el Gato aprovechó para cazarlos
y ser recompensado.

Al darle las gracias la Mujer, el Gato
le exigió cumplir el trato de darle la leche
que quisiera, y se puso a lamer
la que había caído.

El Gato le dijo además que él
seguiría siendo tan libre
e independiente como siempre.

Pero, ni el Hombre
ni el Perro aprobaron
que el Gato se
moviera a su antojo
y le amenazaron:
el Hombre con tirarle
el calzado y el Perro
con perseguirle
cada vez que lo viera.

Y así sucede
desde entonces.

EL JOVEN REY

Hubo una vez en un lejano país un rey
tan joven que apenas había cumplido
los dieciséis años.

Una noche, tras retirarse
los sirvientes, el joven rey se puso
a pensar en la fiesta de su coronación,
que iba a celebrarse al día siguiente.

Y pensando, recordó cómo había llegado
a ser nombrado rey de tan rico país.
Su madre, ya muerta, había sido la única
hija del anterior rey, pero el monarca
renegó de su nieto por no aceptar la boda
de su hija y entregó el niño
a unos pastores.

Poco antes de morir, el viejo rey quiso
recuperar a su único descendiente,
y mandó a buscarlo.

Unos cazadores lo encontraron
en el bosque por casualidad, cuando
el muchacho cuidaba del rebaño de cabras
mientras tocaba la flauta. ¡Cómo se
sorprendió al saber que iba a ser rey!

Ensimismado en sus recuerdos,
el joven futuro rey se quedó dormido
y tuvo un sueño
muy extraño.

Soñó que estaba en un telar
y preguntaba a los tejedores qué hacían.
Ellos, sudorosos y flacos, le dijeron que
no paraban de trabajar como esclavos,
pasando hambre y miseria. Y tejían
el traje del rey para su coronación.
El joven rey se despertó asustado.

Volvió a quedarse dormido y esta vez
soñó que estaba en un barco de esclavos,
a quienes azotaban con látigos mientras
remaban. Fueron atacados
con flechas desde la costa,
pero salieron vencedores.

Después, el jefe de los esclavos ordenó a uno de ellos que bajara al fondo del mar y no subiera hasta que encontrara una perla.

Así lo hizo varias veces, siempre con una perla en la mano, pero al jefe no le parecían bastantes y el esclavo acabó muriendo del esfuerzo. El jefe se rió y dijo que esas perlas serían para la corona del rey.

Entonces el joven rey se despertó asustado.

Ya estaba amaneciendo y el joven rey
debía prepararse para su coronación.
Cuando los sirvientes le trajeron el traje
y la corona, el rey recordó sus dos sueños
y no quiso ponerse esos adornos
tan lujosos.

60

Los sirvientes creyeron que se había
vuelto loco, pero él insistió en ir
a la coronación vestido como el hombre
normal que siempre había sido.
Cogió su manto y su bastón de pastor,
y por corona se puso una rama de espino.

El joven rey montó en su caballo y salió de palacio hacia la catedral donde le iban a coronar. A su paso, las gentes se reían de él, creyendo que era un bufón.

–Soy el rey –les dijo, y les contó sus dos sueños.

Pero ellos no entendían que actuara así. Necesitaban tener un amo para quien trabajar y querían tener un rey reconocible por su riqueza.

63

Tampoco el obispo de la catedral aprobó
lo que hacía el rey. Entonces el joven
se arrodilló ante la imagen de Cristo
para rezar y de pronto un poderoso rayo
de luz iluminó al rey y su rama
de espino floreció. El obispo entendió que
era Dios quien lo coronaba.

EL MONO
VESTIDO

Ésta es la historia de un mono que amaba
a los hombres y quería ser uno de ellos.
Se llamaba Harry y era muy despierto.

Discutía a menudo con los otros
monos, intentando convencerles
de que se vivía mejor
entre los hombres.

Harry imitaba a los hombres
en los gestos, fumando pipa, vistiéndose
de humano y a escondidas se arrancaba
los pelos del cuerpo. Un día, por fin,
decidió marcharse y sus compañeros
le despidieron tirándole
cocos y plátanos.

Harry llegó a una granja y un niño
se puso muy contento al verlo, pues
no tenía con quien jugar. Los padres
vieron que era un mono, pero Harry dijo:

—¡Yo nene! ¡Yo Harry!

Y decidieron   llevárselo en coche
a la ciudad para que lo viera un médico
amigo suyo. El doctor, que estaba
un poco bebido, les dijo que era un niño.

Al volver a casa, el padre dijo
que si era un niño e iba a vivir
con ellos, debía trabajar duro.

A Harry no le importó
trabajar, pues quería ser como
ellos, pero pronto vio que el
padre le trataba con
mucha dureza.

El niño jugaba siempre con Harry. Un día, sin querer, Harry le arañó. El padre le castigó con fuertes azotes y a dormir en el establo.

Harry no entendía por qué le trataban así.
Pero un día cambió su suerte,
pues vino el médico amigo y le dijo
al granjero que le había gastado
una broma y en realidad era un mono.

A partir de entonces,
todos empezaron a tratarle
con cariño y a hacerle caricias.
No le permitieron volver
a trabajar y le dieron
una preciosa habitación.

Harry podía ya brincar y romper muebles,
pues la familia lo veía natural y gracioso.
Era el rey de la casa.

Pero Harry no entendía nada. Como niño
había sufrido y lo habían maltratado,
y en cambio como mono todo
era cariño para él.

Verdaderamente, era preferible
seguir siendo un animal
entre los hombres.

Triste y melancólico, decidió volver
a la selva.

Y dejando sus ropas y la pipa, inició
el regreso a su mundo animal.
Ya no pensaba lo mismo de los hombres.

EL NIÑO
DUENDE

Hace mucho tiempo iba por el bosque
una madre duende con su monstruoso
niño colgado de la espalda, cuando vio
acercarse a unos campesinos con
su hijo en un carro.

Curiosa por ver cómo era
un niño humano, se escondió detrás
de unos arbustos.

Al asomar la cabeza la madre duende,
los caballos se asustaron
y echaron a correr.

En la huida, el niño
campesino se cayó
del carro. La madre
duende vio lo hermoso
que era y lo cambió por su hijo.

Cuando volvieron los campesinos
a por su hijo, se encontraron al horrible
y feo niño duende en el suelo.

Desesperados, buscaron a su hijo
por el bosque, pero no lo vieron.
La mujer se apiadó del duende
y se lo llevaron a casa para
no dejarlo solo con los lobos.

Los vecinos de los campesinos acudieron
a darles consejos sobre cómo recuperar
a su verdadero hijo.

Una vieja proponía golpear al niño
duende con un garrote para
que viniera su madre a salvarlo,
pero a la mujer campesina
le daba pena maltratarlo.

El niño duende sólo se
alimentaba de ratas y la madre campesina
era la única que le daba de comer y le
trataba con cariño. Ello hizo que su
marido acabara odiándola y que los
criados no la obedecieran.

Pasaron dos años y la mujer se acordaba
con tristeza de su auténtico hijo,
¿dormiría sobre la hierba rodeado
de horrorosos duendes?, ¿estaría bien?

Un día el marido
la invitó a ir a la feria y,
muy amable, cogió al niño
duende en brazos.

En realidad, quería deshacerse
de él por el camino. Al borde
de un barranco el marido
tropezó y soltó al niño,
pero la madre lo agarró
de la ropa
y lo salvó.

Pasaron otros dos años y una noche
empezó a arder la casa de los campesinos.
Salieron todos corriendo.

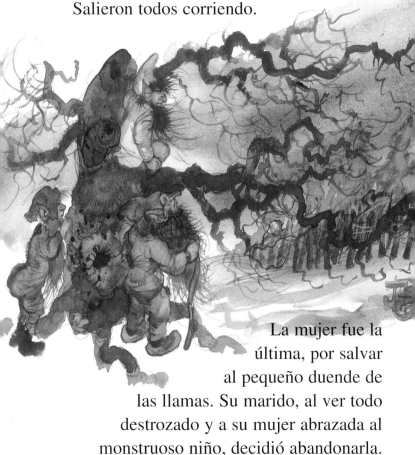

La mujer fue la
última, por salvar
al pequeño duende de
las llamas. Su marido, al ver todo
destrozado y a su mujer abrazada al
monstruoso niño, decidió abandonarla.

La mujer sintió una pena infinita
al perder a su marido, pero no podía
abandonar al niño duende.

El marido se fue al bosque y se encontró
con un niño precioso que le recordó
al que había sido su hijo.
Y, efectivamente, era su verdadero hijo.

El niño le contó que, gracias a que su
madre de verdad había cuidado con mimo
al niño duende, también a él le habían
mimado los duendes
del bosque.

Y gracias a que ella había sacrificado
lo que más quería, el amor de su marido,
su hijo pudo liberarse para siempre
de los duendes.

> Padre e hijo volvieron a la
> casa a reunirse con la madre y
> empezar una nueva vida.

EL PARAÍSO
DE LOS NIÑOS

Hace miles de años todos los seres eran
niños, sin padres que los cuidaran, pues
tampoco había peligros. Se pasaban
la vida jugando y riendo. En una cabaña
vivía el niño Epimeteo, y para que
no estuviera solo le enviaron a una niña,
llamada Pandora.

Cuando Pandora entró en la cabaña,
vio una caja muy grande y preguntó
qué tenía dentro. Epimeteo le dijo
que era un secreto. Sólo sabía
que la había traído un hombre
con un bastón con dos serpientes talladas.

Pandora dijo que era el mismo
hombre que la había traído
a ella, así que la caja también
sería para ella. Epimeteo
contestó que no podía abrirla
sin el permiso del hombre,
y le propuso salir a jugar.
Pandora no dejaba de pensar
en la caja y no quiso ir con él.

Largo rato estuvo Pandora mirando
la caja, indecisa y curiosa a la vez.

Finalmente, probó a desatar
el nudo del cordón de la caja.
Unas voces se oyeron
de su interior, pidiendo salir.

Y de pronto aparecieron
unos bichos negros con alas.

En el mundo donde vivían
los niños todo era felicidad
y juegos. Siempre había luz
y sol, y el campo estaba
lleno de flores y amapolas
de vivos colores.

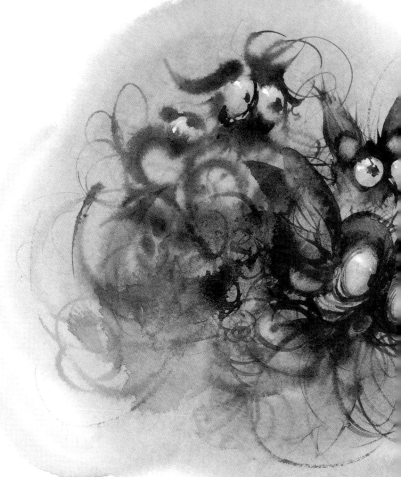

En cambio, los bichos que salían de la caja
de Pandora eran negros, feos y no paraban
de volar haciendo un espantoso ruido.

Epimeteo regresó a la cabaña justo
cuando Pandora abría la caja,
y en ese instante el sol se ocultó tras
una negra nube y todo se volvió oscuro.

De repente, Epimeteo sintió
un picotazo que le dolió mucho
y lo mismo le pasó a Pandora.

Los malvados seres de la caja eran
todos los males del mundo,
y ahora estaban
sueltos.

En cuanto salieron volando los bichos,
el campo se marchitó, los niños
del mundo empezaron a envejecer
y hubo enfermedades
y tristezas.

Pandora y Epimeteo se sentían culpables
y su mal humor les hacía pelearse
entre sí. De repente, oyeron una dulce voz
de la caja que les pedía que levantaran la
tapa y parecía que salía de allí una luz.

Pandora abrió la caja
otra vez y salió una
criaturita que llenó de
luz la cabaña.

Se llamaba
Esperanza
y venía a consolar
a los hombres
de los males
del mundo.

EL PRÍNCIPE FELIZ

En lo más alto de la ciudad se alzaba
la estatua del Príncipe Feliz.
Era tan lujosa, toda de oro fino
y con piedras preciosas, que la gente
estaba orgullosa de ella.

Muy lejos de allí, una golondrina
revoloteaba entre los juncos del río.
Sus amigas golondrinas ya se habían
marchado buscando tierras más cálidas,
así que decidió volar tras ellas
   y al anochecer llegó a la ciudad.

La golondrina buscó cobijo bajo la estatua del Príncipe Feliz. De pronto empezaron a caer gotas y la golondrina descubrió que eran lágrimas del Príncipe. Éste le explicó que cuando vivía era feliz porque no salía de palacio, pero ahora que divisaba toda la ciudad y veía sus miserias estaba muy triste.

El Príncipe Feliz pidió a la golondrina
que fuera su mensajera y llevara uno
de sus rubíes a una pobre casa
donde sufría un niño enfermo.

La golondrina sintió pena por lo triste
que estaba el Príncipe y aceptó. Cogió
el rubí con su pico y sobrevoló la ciudad
con sus casas, sus plazas y el río.

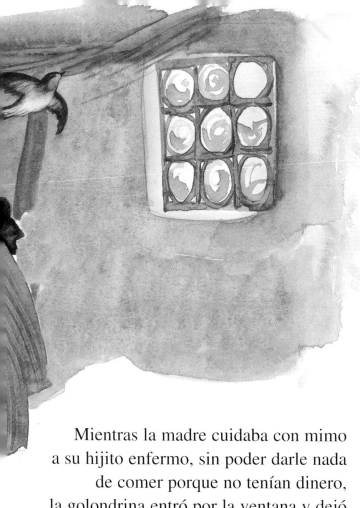

Mientras la madre cuidaba con mimo
a su hijito enfermo, sin poder darle nada
de comer porque no tenían dinero,
la golondrina entró por la ventana y dejó
el precioso rubí sobre la mesa.

La noche siguiente, el Príncipe Feliz
pidió a la golondrina que ayudara
a un pobre escritor a acabar su obra.
La golondrina arrancó la perla de un ojo
del Príncipe y se la llevó al escritor
para que comprara comida.

De nuevo el Príncipe volvió a suplicarle
que ayudara con la perla de su otro ojo
a una niña que no había podido vender
sus cerillas por estar mojadas. Así lo hizo
la golondrina.

Volvió la golondrina junto al Príncipe Feliz y le dijo:

–Ahora que estáis ciego, ya no puedo irme. Me quedaré contigo para siempre.

Se colocó sobre su hombro y le contó lo que veía. En la calle, un guardia reñía y echaba de allí a unos niños pobres, muertos de frío. El Príncipe le dijo a la golondrina que le quitara las hojas de oro con que estaba cubierto y las repartiera entre los pobres de la ciudad.

Así pasaron los días y pronto empezó
a nevar.

La golondrina no pudo resistir el frío
y murió. El Príncipe sintió cómo
se le rompía el corazón por dentro.

Pasó por allí el alcalde y al ver
tan pobre la estatua y el pájaro
muerto, ordenó quitarlos y hacer
una nueva estatua.

LA BELLA DURMIENTE

En un lejano país los reyes celebraban el bautizo de su única hija. Invitaron a muchos nobles y a las cinco hadas buenas, pero se olvidaron del hada mala. Ésta se enfadó y se presentó allí para maldecir a la niña, jurando que moriría al pincharse el dedo con un huso de hilar.

Un hada buena
cambió el maleficio para
que la princesa no muriera. Quedaría
dormida cien años hasta que la despertara
un príncipe. A pesar de todo, el rey
hizo destruir todos los husos;
pero quedó uno, el del hada mala.

La princesa cumplió quince años.
Un día que visitaba otro palacio,
vio a una vieja hilando y quiso probar.
Pero se pinchó con el huso y cayó
muerta. La vieja, que era el hada mala,
se alegró al ver cumplida su venganza.

133

Llegó entonces el hada buena y cambió
su muerte por un largo sueño y, queriendo
consolar a los padres, hizo dormir
a todos los del castillo para que, pasados
cien años, pudieran reunirse de nuevo.

Y transcurrieron cien años.

   Un día, un príncipe de otro reino,
   que iba de caza, vio el castillo
   a lo lejos y su curiosidad le animó
   a acercarse hasta allí.

El príncipe sacó su espada
y se abrió paso entre
la maleza del espeso bosque
que rodeaba la fortaleza.

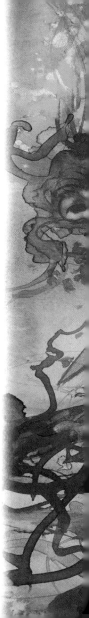

Entró en el castillo
y vio que todos dormían.

En una de las
habitaciones
encontró a una
bella joven sobre
una cama. Tan hermosa era
que el príncipe se acercó a
besarla en la frente.

Al instante, la princesa se despertó
y con ella, toda la gente del castillo.
Se había roto el maleficio.
La noticia se celebró con fiestas
y los dos jóvenes se casaron
y fueron felices.

LA CAJITA
DE YESCA

Hans era un joven soldado que, a falta
de guerras, andaba buscando trabajo.
Una vieja que se encontró en el bosque
le propuso que bajara a un pozo
donde había muchas monedas de oro:
serían para él si le subía una cajita
de yesca.

El joven valiente
no dudó en bajar
al pozo oscuro, y allí
encontró las monedas
de oro, tres mansos
perros y la caja
de yesca. Cuando
la cogió, los tres
perros se ofrecieron
para tomarle como
amo y servirle.

147

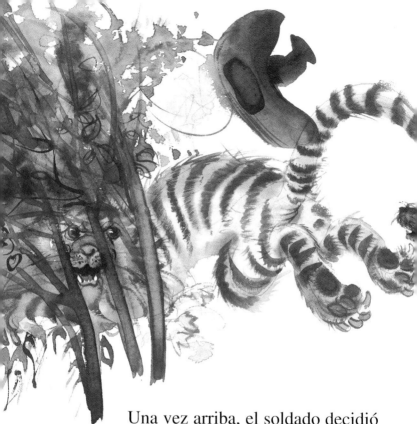

Una vez arriba, el soldado decidió
quedarse con la caja de yesca, lo que hizo
que la vieja se enfureciera y se convirtiera
en tigre. Pero Hans sacó su espada y,
con la ayuda de los tres perros,
logró hacer huir al animal.

149

Los perros desaparecieron también
y el soldado marchó a una posada
para descansar.

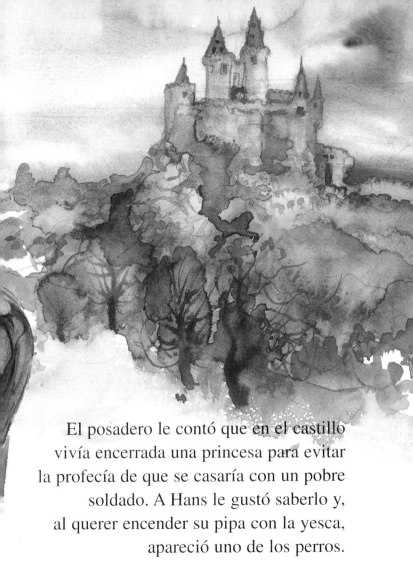

El posadero le contó que en el castillo
vivía encerrada una princesa para evitar
la profecía de que se casaría con un pobre
soldado. A Hans le gustó saberlo y,
al querer encender su pipa con la yesca,
apareció uno de los perros.

151

Como el perro repitió que él era su amo y que estaba allí para servirle, Hans le pidió que le llevara al castillo.

El perro le dijo que subiera encima
de él y, al instante, salió corriendo
tan rápido como si volara.

Como éste era un perro encantado,
los dos se hicieron invisibles
y pudieron entrar al castillo y
al aposento de la princesa.

154

Hans se enamoró de la bella joven.
Al bajar del perro, se hizo visible
y declaró su amor a la dama. La criada
lo oyó todo y avisó a la guardia
para que lo apresara.

Hans se acordó entonces de la cajita de yesca que tenía en su cuarto de la posada y, desde la ventana de la prisión, pidió a un chico que se la trajera a cambio de una moneda de oro.

Cuando Hans tuvo la caja, frotó la yesca
y aparecieron los tres perros. Al oír ruido,
los guardianes entraron en la celda
y los perros se les echaron encima.

Hans, ya libre, fue a ver al rey y le pidió la mano de su hija. El rey no pudo negarse al destino y aceptó.

En realidad, con esa caja de yesca había salido ganando, pues sus poderes eran mayores que cualquier fortuna.

BLANCANIEVES

Blancanieves era una hermosa princesa.
Al morir su madre, el rey se casó
de nuevo con una mujer hermosa
pero orgullosa que siempre preguntaba
a su espejo mágico quién era la mujer
más bella del reino. Un día el espejo
contestó que Blancanieves, y la reina
hizo que un leñador se la llevara
al bosque para matarla.

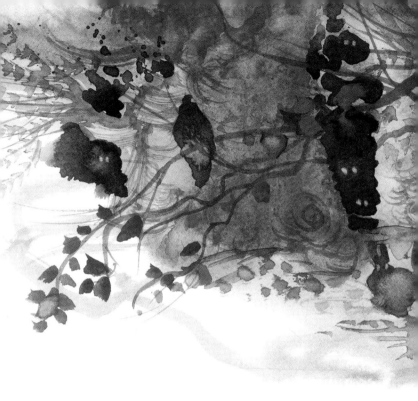

El leñador se apiadó de la niña
y le perdonó la vida, pero la dejó
abandonada en el bosque.

Blancanieves sintió miedo
al verse sola y echó a andar
para buscar ayuda.

Por fin vio una casita. Llamó y, como no contestó nadie, entró. ¡Qué pequeñas eran todas las cosas de la casa! Blancanieves estaba tan cansada que juntó cuatro camitas y se echó a dormir.

Poco después llegaron los dueños de la casita, que eran siete simpáticos enanitos.

Al ver a la niña, los enanitos
se maravillaron de lo hermosa que era.
Cuando Blancanieves despertó,
les contó lo sucedido.

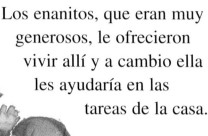

Los enanitos, que eran muy
generosos, le ofrecieron
vivir allí y a cambio ella
les ayudaría en las
tareas de la casa.

167

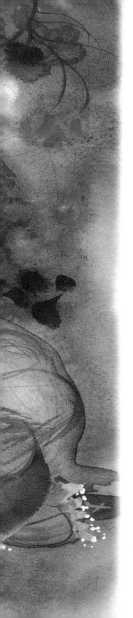

Durante algún tiempo,
la paz y la alegría reinó
en aquella casita.

Blancanieves se hizo muy
amiga de los enanitos
y de los animales
del bosque, con quienes
hablaba y jugaba.

Siempre que los enanitos salían de casa
a trabajar en la mina, aconsejaban
a Blancanieves que no abriera
la puerta a nadie.

Cierto día, la malvada reina
se enteró por su espejito mágico
de que Blancanieves no había
muerto y se disfrazó de vendedora
de manzanas para engañar
a la niña.

Blancanieves no quiso abrir
a la vendedora, pero la vieja la convenció
para que probara una de sus manzanas,
que estaba envenenada, y al instante
cayó muerta al suelo.

La malvada mujer salió corriendo
justo cuando llegaban los enanitos.

Los enanitos pusieron a Blancanieves
en una urna de cristal para enterrarla.
En el camino, un príncipe que la vio
se maravilló de su belleza y quiso
despedirla con un beso.

Al instante Blancanieves volvió
a la vida. El príncipe la tomó por
esposa y todos fueron muy felices.

LA RATITA GRIS

Érase una vez un hombre viudo llamado
Prudente que vivía con su hija Rosalía,
a la que había educado él solo. La niña
iba a cumplir quince años y nunca
había salido de casa.

En el jardín había una casita cerrada, sin
ventanas. Un día que la niña buscaba una
regadera, creyó que estaría en esa casa y
le pidió la llave a su padre. Éste se puso
pálido y le dijo que allí no había nada que
le interesara. Rosalía se quedó intrigada.

Un día que el padre dejó sola a Rosalía,
la niña no pudo reprimir su curiosidad
y cogió la llave de la casita. Dudó
en el último momento por obediencia
a su padre, pero una voz que salió
del interior la animó a abrir la puerta.

–Ahora que me has liberado, tu padre
y tú estáis en mi poder –dijo
una ratita gris.

Rosalía, asustada, quiso cerrar la puerta,
pero la ratita hizo desaparecer la casa.

Le contó que era el Hada Detestable,
enemiga de su familia, y que si no
la hubiera liberado antes de cumplir
los quince años, se habría quedado
encerrada para siempre.

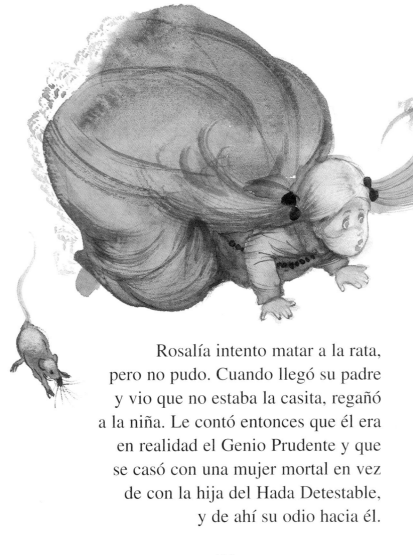

Rosalía intento matar a la rata,
pero no pudo. Cuando llegó su padre
y vio que no estaba la casita, regañó
a la niña. Le contó entonces que él era
en realidad el Genio Prudente y que
se casó con una mujer mortal en vez
de con la hija del Hada Detestable,
y de ahí su odio hacia él.

Al poco de nacer Rosalía, la madre cayó
enferma. Mientras él iba a pedir ayuda
a la Reina de las Hadas, el Hada
Detestable mató a su mujer.

Entonces, cuando se disponía a llenar
de vicios a la niña
el Genio Prudente
volvió y paralizó
su maldad.

La Reina de las Hadas decidió
que la niña no caería en poder de la vieja
hada si vencía la curiosidad durante quince
años, y al Hada Detestable la convirtió en
una rata gris y la encerró en la casita.

El padre le dijo a Rosalía que aún
podía salvarse si en los quince días
que quedaban para su cumpleaños
lograba resistir la curiosidad, a pesar
de las trampas del Hada Detestable.
Rosalía lo prometió y la rata gris
se la llevó lejos de su padre.

Rosalía anduvo por el campo
y en ninguna casa la querían acoger
porque iba con una rata. Rendida,
se durmió junto a unos matorrales.
El Príncipe Gracioso, que estaba cazando,
la vio y se la llevó a su palacio.

Rosalía y el Príncipe supieron
que estaban hechos el uno para el otro
y acordaron esperar al cumpleaños
de Rosalía para casarse.

Un día, paseando por el jardín, Rosalía
vio un baúl brillante y preguntó qué era.
El Príncipe le dijo que sería su regalo
de bodas, y que no debía verlo hasta
cumplir quince años. Rosalía
contuvo su curiosidad.

Para Rosalía fue muy difícil no abrir
el baúl, pero el amor a su padre
y al Príncipe la salvó de la tentación.
La Reina de las Hadas la premió
por ello con una
boda muy feliz.

LOS CISNES SALVAJES

192

Había una vez un rey viudo que tenía
once hijos y una hija, llamada Elisa.

El padre se volvió a casar y la nueva
reina, que era malvada, no quería
a los niños y tan mal habló de ellos al rey,
que éste dejó de cuidarlos.

La reina llevó a Elisa a casa
de una campesina y convirtió
a los niños en once cisnes salvajes
para que volaran por el mundo
y se alejaran del castillo. La pobre Elisa
se acordaba mucho de sus hermanos.

Cuando Elisa cumplió quince años,
regresó a palacio. La reina, al ver lo linda
que era, preparó un maleficio
para que la niña perdiera su belleza
antes de ver a su padre.

Como ella era pura y piadosa,
el maleficio no funcionó. Pero entonces
la reina mandó que le cortaran el pelo
y el padre no la reconoció, así que Elisa
tuvo que marcharse de palacio.

Elisa pasó la noche en el bosque.
Al despertar vio a una anciana
y le preguntó si había visto
a sus hermanos.

Ella le contó que habían pasado
once cisnes en dirección al río
y Elisa siguió ese camino. Así llegó
hasta el mar. Se sentó a mirar
y de pronto vio aparecer once cisnes
que venían hacia la orilla.

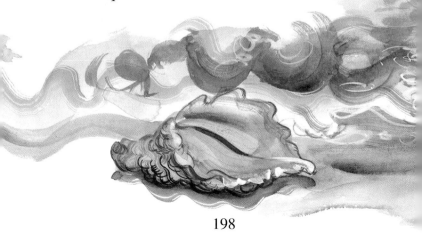

Al ponerse el sol, los cisnes recobraron
su forma humana y Elisa reconoció
a sus hermanos. Los niños le contaron
que por la noche perdían su forma de ave
y para no caer tenían que venir a tierra.
Todos ellos vivían al otro lado del mar y
se les ocurrió hacer una red con juncos
para llevarse a su hermana.

En cuanto salió el sol, Elisa se montó
sobre la red y sus hermanos, ahora
convertidos en cisnes, cogieron la red
con el pico y la llevaron volando
sobre el mar.

¡Qué vistas más bonitas había
desde allí arriba!

La noche se iba acercando. Una tormenta agitó el mar con grandes olas y Elisa se asustó mucho.

Por fin vieron una pequeña roca, justo en el instante en que el sol se ocultaba y los cisnes perdían sus alas para hacerse niños. Allí, apiñados, pasaron la noche.

Los cisnes volvieron a levantar el vuelo
y llevaron a Elisa a su nuevo hogar.
Un apuesto príncipe se enamoró de ella
nada más verla y su amor consiguió
romper el hechizo de los hermanos cisnes,
que se convirtieron para siempre en
príncipes.

EL PRÍNCIPE
Y EL MENDIGO

Hace mucho tiempo, en Londres,
nacieron dos niños muy parecidos
en el físico, pero uno muy pobre
y el otro hijo de rey. Tom mendigaba y,
cuando podía, estudiaba y leía.
El príncipe Eduardo, en cambio, vivía
en palacio con todo lujo.

Una noche,
Tom soñó que
era príncipe y, al
idespertar, salió
a la calle y llegó
hasta el palacio.

El guardia le echó
de allí con gritos,
pero el príncipe,
que lo oyó, le
invitó a pasar.

El príncipe y el mendigo se contaron sus
vidas, y el príncipe propuso divertirse un
poco intercambiándose las ropas.
Como eran tan parecidos,
no se sabía quién
era quién.

El príncipe se ausentó un momento
y al rato entró la princesita, que creyó
que Tom era el príncipe.

Como Tom insistía en que él no era
el príncipe, su hermana pensó que
se había vuelto loco. El rey creyó que eso
le ocurría por estudiar tanto. Así fue como
Tom tuvo que aprender a comportarse
como un príncipe y, cuando murió el rey,
le sucedió en el trono.

Entretanto Eduardo, el auténtico príncipe,
había sido confundido con el mendigo
y los guardias le echaron a pedradas.

En la ciudad, pidió que le ayudaran
a presentarse ante el rey
para explicar el error, pero todos
le tomaron por loco.

El padre de Tom dio con él y, creyendo
que era su hijo, le cogió de las orejas
y le regañó más todavía cuando le oyó
decir que él era el príncipe.

Al día siguiente, el padre de Tom mandó
a Eduardo que fuera a mendigar, como
de costumbre.

El príncipe aprovechó para huir,
pero el padre le encontró y le castigó
de nuevo.

Pasaron los meses y el príncipe Eduardo
conoció de cerca la miseria y el
sufrimiento, y aprendió que los reyes
deben ser generosos con su pueblo.

Mientras, Tom seguía haciendo de rey.
Intentaba siempre reducir los gastos
de palacio; era justo en sus decisiones;
anuló penas de muerte y se ganó
el aprecio de su gente.

En sus ratos libres, tampoco
se lo pasaba mal con las dos
princesas y un niño de su edad,
que era su compañero de juegos
en la corte.

217

Llegó el día de la coronación. Tom
se arrodilló para recibir la corona…
pero de repente un niño mendigo entró
corriendo y gritando que él era el rey.

Tom se alegró mucho de ver a su amigo,
al que hacía tanto tiempo que no veía
y del que no sabía nada.

El consejero del rey ordenó detener
al mendigo, pero Tom lo impidió. Como
eran tan parecidos, el consejero quiso
averiguar quién era el auténtico rey
preguntándoles dónde estaba el sello real.

Eduardo respondió enseguida que el sello
real estaba dentro de una armadura
que había en su habitación. Cuando
vieron que era cierto, todo se aclaró
y Eduardo pudo ser coronado.

El reinado de Eduardo fue, por su justicia
y humanidad, uno de los mejores
de Inglaterra. Nunca olvidó
lo que había aprendido
en la calle y mantuvo
siempre a Tom a su lado.

PULGARCITO

Érase una vez unos leñadores muy pobres
que tenían siete hijos; el más pequeño
era tan diminuto que le llamaban
Pulgarcito. Todos los días salía el padre
a por leña al bosque.

Llegado el invierno, cada vez
había menos comida.
El padre dijo a su mujer
que tendría que llevarse
a los niños al bosque para
que le ayudasen, aunque
fueran tan pequeños.
Pulgarcito, que lo oyó,
ideó un plan.

Mientras iban por el bosque,
Pulgarcito fue echando piedrecitas
por el suelo para encontrar
el camino de vuelta
por si se perdían.

El padre y sus hijos se
pusieron a recoger
leña, pero los niños se
alejaron demasiado y
terminaron perdiéndose
en el bosque. Todos se
echaron a llorar,
menos Pulgarcito que, siguiendo el rastro
de las piedrecitas, los condujo hasta casa.

Al día siguiente, salieron de nuevo
al bosque. Esta vez Pulgarcito echó migas
de pan por el suelo, pero como los pájaros
se las comieron, los niños no pudieron
encontrar el camino de vuelta.
Pulgarcito los consoló y echaron a andar.

Llegaron a una casa y les abrió una mujer
que les dio de cenar, pero les avisó
de que allí vivía un ogro que estaba
a punto de llegar. Ellos se escondieron
debajo de la cama. Pero el ogro,
al entrar, olió a niño y los encontró.

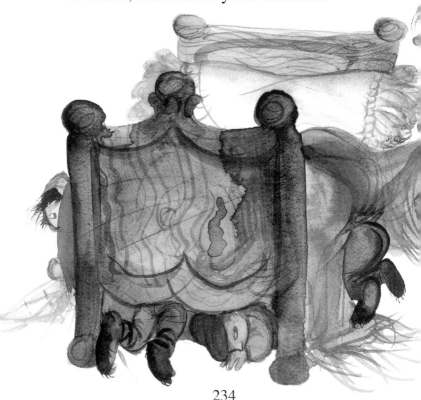

235

Los niños huyeron corriendo,
pero el ogro los persiguió con sus botas
de las siete leguas. Después de mucho
correr, los niños se escondieron
tras los árboles y el ogro, cansado,
se echó a dormir. Pulgarcito aprovechó
para quitarle las botas mágicas.

Las botas permitían dar
grandes zancadas y en poco
tiempo Pulgarcito llevó a
sus hermanos a casa. Luego
se fue con las botas a ver al
rey, quien le nombró
cartero real, y así pudo traer
dinero a su familia que,
desde entonces, dejó de
pasar hambre.

EL SASTRECILLO VALIENTE

Había una vez una bruja que maldecía
a todos los bebés que iban a nacer.
La mujer del sastre, que esperaba un hijo,
vio un día que la casa de la bruja
se quemaba y acudió a socorrerla.
La bruja, en vez de maldecirla, le predijo
que tendría un hijo chiquito que si mataba
a siete de un golpe, sería señor
de siete provincias.

Poco tiempo después, la mujer tuvo
un niño de pequeña estatura. Cuando sus
padres murieron, el niño se hizo sastre.
Como conocía la predicción, cada vez
que mataba hormigas o cazaba gorriones
los contaba, pero nunca eran siete. Hasta
que un día, mató siete moscas que se
acercaron a un bizcocho.

Entonces fue con su pájaro en busca
de las siete provincias prometidas.
Se cosió una banda con la frase «He
matado a siete de un golpe» y se fue a
por un gigante que atacaba a los viajeros.

Cuando le encontró, el astuto joven retó al gigante a lanzar una piedra lo más lejos posible. La del gigante tardó un minuto en caer.

El sastrecillo engañó al gigante lanzando a su pájaro, que se fue lejos volando. El gigante, que no veía bien, se admiró de la fuerza del chico y le dejó marchar.

244

El sastrecillo llegó a un castillo y vio asomada a la princesa, de la que se enamoró. En la ciudad se extendió la fama del valiente sastre y de su banda del pecho, y el rey lo llamó para pedirle que acabara con dos feroces bandidos. A cambio le prometió la mano de su hija y la mitad del reino, o sea, siete provincias, y el chico aceptó.

En el bosque, el sastrecillo encontró
a los dos bandidos durmiendo bajo
un árbol, así que cogió dos piedras y
tiró una a cada bandido. Éstos se
despertaron y, creyendo
que había sido el otro
el que tiraba la piedra, empezaron
a pelearse con tal furia que acabaron
los dos muertos.

El rey felicitó al sastrecillo y le encargó
matar a un rinoceronte que
atemorizaba al país.

El sastrecillo fue al bosque
e hizo que el rinoceronte
lo persiguiera hasta
hacerlo chocar contra
un árbol. Así pudo atar
al animal y llevarlo
al castillo.

Toda la gente aclamó al sastrecillo
y el rey le concedió a su hija y las siete
provincias. El sastrecillo vio así cumplida
la profecía gracias a sus esfuerzos
e inteligencia.